令和川柳選書

残日句録

水野黒兎川柳句集

Reiwa SENRYU Selection
Mizuno Kokuto Senryu collection

新葉館出版

JN108951

令和川柳選書

残日句録 ■ 目次

令和川柳選書

残日句録

Reiwa SENRYU Selection 250
Mizuno Kokuto Senryu collection

第一章

ふる里よ

（古稀まで）

ドーナツの穴は天使の食べた跡

里を発つ腰につららの太刀帯びて

六十を弾んだ手まり百目指す

定年の胸に哀感手に印鑑

鉛筆を転がしてみる明日の運

あんこうの如く口開け歯の治療

胃袋の形に琵琶湖水豊か

息の合う春の楽隊チューリップ

手のひらを桃の形に桃もらう

ストレスの形に靴を脱ぎ捨てる

ひとときも心臓にないずる休み

ワイパーのひとゆれ毎に過去を消す

文字通り明日を育む妊婦さん

鬼は外せっせと産業廃棄物

グチばかり聞いて屋台の椅子軋む

絵の具より濃い菜の花の真っ黄っ黄

贅沢な春だタケノコ湧いて出る

花筏アリ一匹が客となる

金平糖酔ってこぼれた天の川

稲妻はスイカに模様盗まれる

風のない日のカーテンは所在ない

胸奥に鳴る拍子木は紙芝居

童顔でよしやがてまた童なり

ロゼワイン甘くテレビは自爆テロ

うまいかと問われうまくはないキャビア

間違いを消してケシゴム角が取れ

長生きは見送ることと母卒寿

逆立ちをさせては絞るマヨネーズ

シャガールの碧に染まって妻と旅

暖かな家で時間が溶けている

朴訥な名前が味な五平餅

すりこぎが減ったみんなで木を食べた

膝小僧に昭和が匂う赤チンキ

暑いねは誘いの呪文ビヤホール

雑炊に昔話の隠し味

骨董の目で見つめ合うクラス会

誤ってソースかけたが食べ終える

悪球も空振りすればストライク

曼荼羅湯みんな仏で真っ裸

汲みたての名水で風呂沸かす里

睡蓮にアリ一匹の浄土あり

雑踏のひとりひとりにあるドラマ

山の端にぽこりと月の上る春

油断して猫にあくびをもらう春

アスファルトの割れ目いとしいど根性

四月には多くの未来跳ね回る

竹とんぼ昭和の空を探す旅

体より大きな声で泣く赤子

哀楽は様々駅は万華鏡

影法師お前もやはり太り気味

デザートのように食後に飲む薬

深呼吸夏のみどりに染まる肺

少子化に雷親父見当たらぬ

夏の雲象と鯨が昼寝する

九条をぼちぼちぼちと虫が食う

九条の誓いに欲しいカビキラー

そら豆の青を肴に夏を呑む

金持ちも胃の大きさはほぼ同じ

もう風はページを繰らぬ電子辞書

ダイレクトメールほとんど燃えるゴミ

オルガンはいつもどこかが壊れてた

名人と最初は同じ手が指せる

紛争のない国境を探す地図

出来栄えは泥のガウディのツバメの巣

梅干をかじると顔も梅になる

すごいなあ誰が名付けたのか蛇口

苦を楽を煮詰めた顔の父百寿

ふる里の水が育てた父百寿

山彦がおーいと村に春を告げ

大根の白は大地の染め忘れ

敬具から追伸までにある吐息

ぽろぽろと五体を解く熱い風呂

住めば家住まねばただのがらんどう

つまずいた段差は内緒一センチ

お互いを屋号で呼んで道修町

ポストまで宿の下駄はく旅便り

郷愁は祭りを灯すアセチレン

本人は「いい人でした」とは聞けず

狛犬がそっと聞いてる願い事

常備薬持って仕上がる旅支度

おはじきに足るほど多い常備薬

大正の母生き生きと鯨尺

月明かり迷子のように父は百

長生きの秘訣は酒と父百寿

Reiwa SENRYU Selection 250
Mizuno Kokuto Senryu collection

第二章 友よ

（それから七年）

切り株に腰を下ろして聞く木霊

ねこじゃらし風と話の弾む秋

草笛を吹いてふる里引き寄せる

二次会は喋りたい派と飲みたい派

出る杭はメジャーリーグがすぐに抜く

ちりめんじゃこひとつひとつに目がふたつ

大人用童話のほしい長寿国

棘を抜くかそれともバラのまま咲くか

着膨れて着膨れに会う診療所

毎日が本場所妻の台所

また妻と猫語で話す冬ごもり

妻という取説の無い貴重品

またビール飲む気になって風邪治る

時により聞こえない振り聞いた振り

袴でもモダンに見える宝塚

新人の名刺余白は無限大

猫を抱くただそれだけで春うらら

留守居して猫と秘密の与太話

さまざまな門出を祝いさくら咲く

春風を連れてロビーへ自動ドア

時計屋の十時十分春至る

毎日が生きた長さの自己記録

平成の子に大正は大昔

うまいかと問えば微妙と二年生

廃校舎ブランコ揺らす秋の風

石けりであそんだ路地にある昭和

汽笛鳴り里の柿の実色を増す

トルコ桔梗の青に溶かしてしまう鬱

温暖化ウルトラマンを待つ地球

ピリオドを打ちそれからが裏話

寒椿ぽとりと不意の不整脈
雪が降る物の形が消えるまで
とまどいを修正液の知る夜更け

鑑定は無用笑顔の野の仏

ふる里は風の仲間の居るところ

遠雷にパラソル畳む夏の果て

親が歯が友が髪がと欠けて喜寿

仏像を拝んだ後は嵯峨豆腐

繭を煮てやがてまばゆい糸紡ぐ

そろばんの玉ほど回転しない金

崩壊をさせずに食えぬ冷ややっこ

サヨナラ打ピカソの顔で泣く球児

振り出しに何度も戻る物忘れ

銀杏散り今年もひとつ欠けた席

鹿威しカランと鳴って冬が来る

狛犬とたき火を囲む初詣

千年の古都千年の仏さま

さと芋はとろりと村は冬支度

思い出でまるくふくらむ旅カバン
捨てられぬ昭和の錆びた肥後守
駅弁に古稀もはしゃいで汽車の旅

ふる里の味定食のとろろ汁

いわし雲故郷の空にハイタッチ

深呼吸肺が若葉に染まるまで

雑踏に何かルールのある速度

器から味をいただく薄造り

片隅で自己を主張の紅ショウガ

ゆったりと流れる時を醸す酒

ゆっくりと回れよ古稀の観覧車

車間距離律儀に守り割り込まれ

抜け道を風と共有坂の街

ひこにゃんと握手近江路秋うらら

骨董も埋蔵金もない暮らし

両腕で計りきれずに仰ぐ杉

夢いくつ積んでは崩し冬支度

無の境地知らずとうとう古稀過ぎる

陽炎にくるくる古都の人力車

千手観音一手一手にある祈り

萩の門くぐれば弥陀にすぐ会える

石仏ここにもひとり父が居る

ふる里へ戻ると水が甘くなる

ひなあられ雛が召したか減っている

白魚の透ける命よ母白寿

十二神将もときに笑ってみたい春

旅だより丸いポストがよく似合う

境内で楠の大樹を先ず拝む

ゆるやかに時の流れる城下町

鐘の音が冴え寺町に初夏の風

書き足りぬことを補う花切手

やがて喜寿墨絵ぼかしの記憶力

玉手箱開く前から総白髪

ミルフィーユかさこそ春の甘い音

食卓の五つの椅子に夫婦のみ

リビングが次第に広くなり二人

Reiwa SENRYU Selection 250
Mizuno Kokuto Senryu collection

第三章

家族よ

（さらに五年）

シクシクとチクチクに差のある痛み

麦わらで昭和を編んだほたる籠

山彦も冬眠中の過疎の里

酒とメザシ供えて父の七回忌

彼岸花アイスカフェーはきょう限り

物忘れ脳のコックの閉め忘れ

本屋減り続けてノドの乾く夏

最後には逆回りする独楽の意地

いくつもの出会いと別れ人は駅

山道に草笛の鳴る里の初夏

地下街の迷路を抜けて初夏の風

よもぎ餅ふる里の野が香り立つ

金魚ひらひらけだるく猫とお留守番

生きていることが幸せビール飲む

伎芸天ほほの丸さに秋の影

里の香を山彦と分け五平餅

貼り紙にたけのこ飯とある旅路

揚げヒバリ天から春を配ってる

蜂の子のつくだ煮里は美濃の奥

スイカ冷え昭和の甘い里の井戸

花から花へミツバチ春を配ってる

ゆすらうめ母は百超えひとりぼち

ローソクは一本二世紀目の母

総理から銀杯を受け母百寿

合掌と同じ形に蚊をたたく

反省会ほどなく酒の会になる

数独の途中で今日も日が暮れる

湯巡りの下駄ちぐはぐもまた旅情

自分にも描けそうだからミロが好き

ぶたまんの湯気の中から春兆す

五線譜を飛び出し蝶になる音符

太ってもいいフレンチのフルコース

ふる里は貝の化石の出る山地

逆上がりできた子とするハイタッチ

廃校とは知らず記念樹伸びつづけ

猿よりは少し上手に字が書ける

耳奥に玉音がなお残る夏
なお夏の猛暑の余韻物忘れ
振り向けばどんな時にも妻がいた

病棟に深夜のナース頼もしい

黙々と小走り真夜のナースたち

病棟の深夜しんしんしん尿採取

自分史の華となるべし妻の章

ガス栓は閉めたまんまの妻の留守

岬から見ればなるほど水の星

鳳仙花子らはてんでに明日へ跳ね

黄砂降る　さくらの夜はさくら降る

千の窓千の暮しのある灯り

シャンゼリゼ僕にはぼくの凱旋門
城下町横歩きする狭い路地
横丁でふと寅さんに出会う旅

新緑に溺れて歩く滝の道

まだ明日を夢見て喜寿の好奇心

サギ横行脳に乾燥注意報

胃袋に謀反でござるバイキング

充電のはずが放電縄のれん

最後には雑炊となる冬の鍋

絵を描いて子らに教える火吹き竹

吹く風を栄養源に鯉のぼり

朝露のひとしずくから初夏の風

服汚し童に返るカレー好き

ジョーカーもキングも裏は同じ柄

古書店の主人昭和の丸眼鏡

扇風機ぐるぐる夏が回りだす

各停にてんとう虫も客となる

ふる里の山彦ぼくの旧い友

瓦礫とて元は精魂込めた品

冬木の芽ひそかに春へ助走する

歳月が発酵させる回顧談

駄菓子屋に昭和を詰めるガラス瓶

ひとかけら昭和が甘い生姜糖

野いちごは遠いふる里酸く甘い

遊行期の暇をコロナ禍奪い取る

母百寿葛根湯はほの甘く

星となった父わが旅の道しるべ

思い出もいっしょに包むさくら餅

終活に息ぴったりと尉と姥

出席に○と返信さくら咲く

山彦と校歌を歌う廃校舎

低いけど校歌に山は聳え立つ

オキナワの消せぬ哀史にデイゴ咲く

師の系譜路郎薫風高い塔

海天土木火ひまわり地金水

魂を込めて粘土が人になる

あとがき

朝日新聞大阪版の「朝日なにわ柳壇」という週一回掲載の欄があり、定年間近の頃、何気なく投句を開始。当時の選は川柳塔社の橘高薫風先生と番傘川柳本社の片岡つとむ先生とが隔週に担当されていた。投句開始からしばらくして、兼題「穴」のとき、

ドーナツの穴は天使の食べた跡

を薫風先生に講評をつけて採っていただいた。こうなってはもう川柳から離れるわけにはいかない。そのころはまだどの結社にも属しておらず、見よう見まねの初心者であった。

平成4年に公民館主催の川柳講座があり、講師は橘高薫風先生であったが講座が終了後、受講生の有志が立ち上げたのがほたる川柳同好会であった。

この同好会に誘われて入会したのが平成12年のことで、やっと川柳の勉強が始まった次第。

今回の句集に収めた252句は3章に分けてあるが、ほぼ作句年順に収録。

章題は自分を育んでくれたふる里への感謝であり、学友、職場での先輩・同僚・後輩への感謝であり、さらにまた同人や誌友のみならず全ての川柳仲間を川柳の師と思っての感謝を示すものである。従って句集のタイトルも「残日感謝句録」とするのが適当だったかもしれない。

句の自解はおこがましいことかも知れないが、最後の2句についてのみ、少し思いを述べさせて

いただく。

海天土木火ひまわり地金水

水金地火木土天海は太陽の衛星。太陽の周りを回っており究極の「ひまわり」である。最も遠い天王星や海王星も律儀に太陽を回っており、宇宙の神秘に畏敬の念を込めて一般的な言い方とは逆に、太陽から遠い順に並べただけの句。「ひまわり」とひらがなで挿入することにより、うまく575に繋がったのが唯一の取り柄の句である。

魂を入れて粘土が人になる

川柳塔社一路集の令和3年度の賞をいただき、選んでいただいた皆様に感謝の気持で収録させていただいた句。芸術家が粘土などに精魂を込めてできる人物像、また仏師たちが丸太棒に命を吹き込んで彫って仕上げたのが仏像。そんな思いの句である。さらに言えば、自分の子を虐待死させたりガソリンを撒いて多くの人たちを死の巻き添えにした凶悪犯のその凶事の一瞬は人間の姿はしていても魂の抜けた単なる粘土であり、丸太棒に過ぎなかったのではとの思いを込めた句である。

句集を読んでいただき御礼申し上げます。有り難うございました。

二〇二二年八月吉日

水野黒兎

●著者略歴

水 野 黒 兎 （みずの・こくと）

昭和14年、岐阜県に生まれる。

平成12年、ほたる川柳同好会。平成15年、川柳塔社同人。平成21年、ふあうすと川柳社誌友。平成25年、ふあうすと川柳社紋太賞。平成29年、ふあうすと川柳社紋太賞（2回目）。令和３年、川柳塔社一路賞。

【柳名「黒兎」について】

昭和14年、卯年生まれであり、兎の文字を入れた号にしようとまず思いついたのが白兎です。しかし川柳の盛んな山陰地方にはきっと白兎の号の先輩がおられるであろうと思い、白がだめなら黒、そうだ黒兎にしようと決め、薫風先生にお会いできた機会に今日から黒兎を名乗ろうと思いますが、よろしいでしょうかとお伺いしたところ、フランスの詩人にジャン・コクトーがいることだし、まあよかろうとの有り難いお言葉をいただき決まった次第です。

令和川柳選集

残日句録

○

2022年10月16日　初　版

著　者

水 野 黒 兎

発行人

松 岡 恭 子

発行所

新 葉 館 出 版

大阪市東成区玉津1丁目9-16 4F　〒537-0023

TEL06-4259-3777㈹　FAX06-4259-3888

https://shinyokan.jp/

○

定価はカバーに表示してあります。

©Mizuno Kokuto Printed in Japan 2022

無断転載・複製を禁じます。

ISBN978-4-8237-1150-3